Para Mari Haas y Mark Gelberg con todo cariño — J L

Texto © 2003 Jorge Luján
Ilustraciones © 2003 Manuel Monroy

Groundwood Books / Douglas & McIntyre
720 Bathurst Street, Suite 500, Toronto, Ontario M5S 2R4

Distribuido en los Estados Unidos por Publishers Group West
1700 Fourth Street, Berkeley, CA 94710

National Library of Canada Cataloguing in Publication
Luján, Jorge
Alba y ocaso / Jorge Luján; ilustrado por Manuel Monroy.
ISBN 0-88899-535-0
I. Monroy, Manuel II. Title.
PZ73.E44A1 2003   j861'.7   C2002-904444-8

Library of Congress Control Number: 2002112672

Las ilustraciones fueron realizadas en guache sobre papel.
Impreso y encuadernado en China por Everbest Printing Co. Ltd.

ALBA Y OCASO

DOS POEMAS DE

JORGE LUJÁN

ILUSTRACIONES DE

MANUEL MONROY

UN LIBRO TIGRILLO
GROUNDWOOD BOOKS
DOUGLAS & McINTYRE
TORONTO VANCOUVER BERKELEY

UNA MANZANA
EN EL MANZANAR

La veo a la distancia
y siento que me llama,
me llama…

Corro como un loco,
la corto
y detrás de la manzana
descubro a una niña
que exclama:
—¡*Carajuria*!

La niña abre la boca
como luna atarantada,
y enseguida alza la mano
para limpiarse los labios.

La mano se desliza
lado a lado de la cara,
mas ¡ay!
cuando deja lo que toca
le ha borrado la boca.

—¡*Carajuria*!
—repito con asombro,
y como luna que regresa
de una vuelta a la manzana
la boca reaparece lentamente en su rostro.

LA-MÁS-PÁLIDA

—¡Eh!, ¿cuál es tu juego, Carruselero?
—dice la Pálida-a-más-no-poder.

—Una vuelta ahora… y otra más luego…
—responde dudando el Carruselero.

—Y tú, ¿por qué vas sobre ese alazán? —dice la Pálida-a-más-no-poder.

–Será por jugar… –contesta intrigada
la única niña del carrusel.

Y en ese momento se oye el relincho
de un caballito metálico y pinto.

—¿A cuál debería llevar primero?
—piensa la Pálida-a-más-no-poder.

—Al que te tenga más miedo… más miedo…
—tiemblan la niña y el Carruselero.

–¡A éste prefiero! –dice la Pálida,
y monta al pintito del carrusel.